神秘の女(ひと)へ

A la mystérieuse

Robert Desnos

André Masson

詩　ロベール・デスノス
画　アンドレ・マッソン
訳　松本完治

MMXX IV KYÔTO

ÉDITIONS IRÈNE

目次

神秘の女（ひと）へ

ただ個人的孤立の侵犯——死に比肩する——の中でのみ、恋人にとって全存在の意味を持つ、あの愛する相手のイメージが現れる。恋人にとって愛する相手とは、世界の透明性だ。〈中略〉それは個人的な非連続性がもはや限界づけられない、全き無限の存在である。それは一言で言えば、恋人の存在からの解放と見なされた存在の連続性である。こうした透明の外観のなかには、一種の不条理もあり、ひどい混淆もある。しかしその不条理、混淆、苦悩を貫いて、一種の奇蹟的な真実が現れるのだ。

ジョルジュ・バタイユ『エロティシズム』序論より

ジャン・ポーラン宛　アントナン・アルトー書簡

一九二六年四月十七日、パリ

親愛なる友よ、

デスノスの最近の詩集*を読んで、私はいたく動揺しています。この愛の詩集は、私がこのジャンルで何年も見聞きしてきたものの中で、最も感動的で、最も決定的なものです。そこには、極度に奥深い心の琴線にまで触れないわけにはいかない魂があり、強烈な感動と高揚を覚えざるを得ず、おのれ自身に向き合わざるを得ない精神があります。このような成就し得ぬ愛の感情が、世界の根底を掘り崩し、自己という枠組みから人間を無理矢理引きずり出すのであり、この感情が詩に生命を与えていると言ってよいでしょう。この満たされぬ欲望からくる苦痛は、その極限とその繊細な糸に至るまで、愛の想念すべてを掴み取って、空間や時間という絶対性に立ち向かっています。そうして存在全体がそこではっきりと立ち現われ、関与しているのを感じるのです。この作品は、ボードレールやロンサールという、このジャンルであなたが知り得る最も美しい作品同様に、美しいものです。これらの詩篇で満たされないものを抽象化する必要などまったくありません。日常生活もしくは日々の暮らしのあらゆる些事がどのように空間を占めようとも、そこにあるのは、ただ未知なるものの荘厳さなのです。ともかく、ここに到達するのに、彼は忍従と沈黙の二年を要しました。あなたに手紙に書くことを決心したのは、この作品が、まさしく強烈な印象を私にもたらしたに違いないからです。そのことをあなたにお知らせしようとした次第です。

アントナン・アルトー

＊『神秘の女へ』のこと。同詩集は一九二六年六月十五日発刊の「シュルレアリスム革命」第七号に初めて発表された。それより二ヶ月早い同年四月十七日付のこの書簡は、発表前にアルトーがすでに読んでいたことを示しており、デスノスから原稿を事前に見せられたのか、あるいは「シュルレアリスム革命」誌の編集に関わっていたアルトーが編集段階で原稿を読んだのか、いずれかであろう。

デスノスはすでに長い間、《愛の肉体》の発明に相当するように思えるこの《透明な存在》を盲目的に作り上げていました。そこで常に傷ついた深みにはまりながらも、愛の想念と愛する人とが、限りない変容の力を伴って一緒になっていくのです。〈中略〉その結果、途方もない換気口のように――デスノスの詩はすべてそうですが――滑り、分散、ズレ、切断、転換、繰り返し……という無数の過程を経ながら、それぞれの言葉が、常に再発明される《愛の肉体》に他ならぬこの《透明な存在》の光り輝く壮麗な痕跡を描くのに貢献しているのです。

同様に、イヴォンヌ・ジョルジュに捧げられた『神秘の女へ』という詩集にも同じ意図が見えますが、この詩集が不在の愛を喚起していると単純化するのは非常に間違ったことです。おそらく、この詩を読んだ後にいたく感動したアントナン・アルトーは、一九二六年、ジャン・ポーラン宛の手紙で、次のような並外れた手法に言及しています。「このような成就し得ぬ愛の感情が、世界の根底を掘り崩し、自己という枠組みから人間を無理矢理引きずり出すのであり、このことが詩に生命を与えていると言ってよいでしょう」。実際にアルトーにとって、苦痛とは、より幸せな視座を隠すものを露わにすることなのです。そして彼は、あからさまに開かれたデスノスの本を読んで、デスノスがいかなる代償を払ってでも、来るべき愛の場所を全面的に作るべく、作品を掘り下げていく動きのなかで、デスノスの抒情的意図を発見し、いたく心を揺さぶられたのです。そこに偶発的に立ち現れるのは、まさしく透き通った透明な存在なのです。

〈中略〉アルトーは、誰も為し得なかったデスノスの驚くべきやり方を明らかにして見せたのです。すなわちデスノスは、私たちを抒情性(リリスム)の海の沖合いまで引きずり込みながら、素晴らしい驚異の源泉にまで導くのです。そこでは「これらの詩篇で満たされないものを抽象化する必要などまったくありません。日常生活もしくは日々の暮らしのあらゆる些事がどのように空間を占めようとも、そこにあるのは、ただ未知なるものの荘厳さなのです」。

誰か、愛によって押し流され、その測り知れない不足の感情を経験したことはありませんか？　それに対して、世界が突如、無限に開くことを感じたことはありませんか？

私たちは夜明けの悪寒とともに始まるものの暗い動きを忘れているのでしょうか、デスノスは、《見知らぬ手帖(アジェンダ)に書き込まれた》こうした秘密の会う約束(ランデヴー)を、私たちに思い起こさせるために自らの人生を演じたのでしょう。その手帖(アジェンダ)では、私たちにとって唯一重要なのは、突如、物狂おしさの形象を取ることなのですから。

アニー・ル・ブラン『闇の底から愛が来たれり』（Erotisme, 2013 序文）より

A la mystérieuse

おお、愛の痛みよ！

O douleurs de l'amour !

おお、愛の痛みよ！

どんなに君を必要とし、どんなに君が愛おしいことか。

想像上の涙でふさがった僕の目、絶えず虚空に向かって伸びる僕の手。

今宵、僕は正気とは思えない光景を、危険な冒険を夢に見た、死の観点から、はたまた生の観点から、そして愛の観点からも。

目覚めると、君がそこにいた、おお、愛の痛みよ、おお、砂漠のミューズ、気難しいミューズよ。

僕の笑いと歓びは、君の周りで結晶化していく。君のあの化粧、あの脂粉、あの口紅、あの蛇皮のバッグ、あの絹の靴下……そしてまた、耳元からうなじにかけて、首のつけ根のかすかな皺、絹のパンタロン、きめ細かな肌着、毛皮のコート、滑らかなウェスト、君の脚、君の宝石、これこそ僕の笑いと歓びだ。

本当に、君のたたずまい、そして装いはなんて美しいのか。

おお、愛の痛みよ、気難しい天使よ、ここで僕は、まさに僕の愛のイメージどおりに君を想像し、君とそのイメージとを混同させている……

おお、愛の痛みよ、僕が創り上げた衣装で着飾る君よ、君の衣装、そして君の瞳と、声と、顔と、手と、髪と、歯と、瞳しか知らない僕の愛に、君は混ざり合っていく……

あまりに君を夢見たせいで

J'ai tant rêvé de toi

あまりに君を夢見たせいで、君は実在性を失う。

その生きた身体のもとへたどり着き、僕にとって愛おしい声が発せられる、あの唇の上に、まだ口づけをすることができるだろうか?

あまりに君を夢見たせいで、君の影を抱きしめて、僕の胸の上で交わることに慣れたこの両腕は、君の身体の縁に沿って、曲げることができないかもしれない。

そして、何日も何年も、僕に取り憑き、支配してきたものが、現実に姿を現すのを前にしたら、きっと僕の方が影になってしまう。

ああ、感情のバランスよ。

あまりに君を夢見たせいで、僕はきっともう目覚めない。立ったまま眠り、人生や愛のあらゆる様相に身をさらし、そして、君、君だけが今、ただ一人大切なのに、どんな唇や額よりも、君の唇と額には触れられないのかもしれない。

あまりに君を夢見たせいで、あまりに君の幻と、歩き、話し、一緒にいたものだから、僕にはもう、それでも幻の中の幻に、影より百倍も影になるしかなく、君の生命の日時計の上を、軽やかに歩き、これからも歩き回るだろう。

眠りの空間
Les espaces du sommeil

夜には、ごく自然に、世界の七不思議、そして荘厳さ、悲劇、魅惑がある。

森は、茂みに隠れた伝説の生き物たちと、混乱してぶつかり合う。

君がいる。

夜には、散歩者の歩み、殺人者の歩み、巡査の歩み、そして街灯の光、
屑拾いの角灯（ランタン）の光がある。

君がいる。

夜には、列車が、汽船が、陽が射している国々の幻影が通り過ぎる。黄昏の最後の息吹き、そして夜明けの最初の震え。

君がいる。

ピアノの調べ、弾けるような大声。
バタンと閉まるドア。大時計。
人々や事物、物音だけではない。
なおも自分を追いかけ、絶えず自分を追い越してしまう僕自身がいる。
そこに生贄になった君がいる、僕が待っている君が。
時々、不可思議な姿が、眠りの瞬間に現われては消える。
僕が目を閉じると、燐光が花開いては色あせ、肉付きのよい花火のように蘇る。
僕が生き物たちと連れだって駆け巡る未知の国々よ。
たしかに君がいる、おお、美しくもつつましい女スパイよ。
伸び広がり、手で触れられる亡霊よ。
天空と星々の香り、二千年前の鶏鳴、そして接吻で炎と燃える庭園の孔雀の叫び。
蒼冷めた光の中で不吉に握りしめ合う手、途方もない道のりに軋む車軸。

たしかに君がいる、君のことを知らないからこそ、逆によく知っている君が。

でも、僕の夢の中に存在する君は、姿を現さずとも、そこに居続けようとして踏ん張っているのだ。

現実の場でも、夢の中でも、とらえどころのないままの君。

幻覚で君を所有しようという僕の意志によって、僕のものである君、だけど、夢の中でも、現実の場でも、僕が目を閉じない限り、僕の顔に顔を近づけようとはしてくれない君。

波が浜辺で死に絶える、鴉（からす）が廃墟の工場で飛び回る、朽木が太陽の直射でひび割れる、という単純な理屈からも逸脱した君。

僕の夢の根底にあり、変容に満ちた僕の心を激しく揺さぶり、手に接吻（キス）をすると、その手が手袋でしかなくなる君。

夜には、星々があり、海、大河、森、町、草、何億という人間の呼吸する肺がある。

夜には、世界の驚異がある。
夜には、守護天使がいない代わりに、眠りがある。
夜には、君がいる。
昼にも、君が。

もしも君が知っているなら

Si tu savais

僕から遠く離れ、星々や海、詩的神話にまつわるあらゆるものに似て、
僕から遠く離れ、君自身が気づかぬうちに君は存在し、
僕から遠く離れ、絶えず君を思い浮かべているものだから、なおいっそう静謐に、
僕から遠く離れ、僕の美しい幻影を、僕の永遠の夢を、君は知ることができない。
もしも君が知っているなら。
僕から遠く離れ、たぶん君は僕に気づかず、なおも気づかないものだから、さらに遠く。

僕から遠く離れ、なぜなら君はおそらく僕を愛しておらず、あるいは同じことだが、僕がそう思っているから。

僕から遠く離れ、なぜなら君は僕の熱烈な欲望をわざと無視するから。

僕から遠く離れ、なぜなら君は残酷だから。

もしも君が知っているなら。

僕から遠く離れ、おお、水生の茎の先で踊る川辺の花のように楽しげに、おお、キノコ栽培小屋の夜の七時のように悲しげに。

僕から遠く離れ、僕を前にした時と同様、さらに静謐に、高みから降りてくるシゴーニュ（コウノトリ）の形をした時間のように、なおも楽しげに。

僕から遠く離れ、蒸留器が音を立てる瞬間、静かだが騒々しい海が、白い枕の上に引き揚げる瞬間。

もしも君が知っているなら。

僕から遠く離れ、おお、今の、今の僕の苦しみよ、僕から遠く離れ、夜明けに、レストランの扉の前を過ぎゆく夜歩きの人々に踏まれて割れる、牡蠣の殻の壮麗な音の中で。

　もしも君が知っているなら。

　僕から遠く離れ、意志と物質からなる幻影よ。

　僕から遠く離れ、それは船が通ると遠ざかっていく島だ。

　僕から遠く離れ、穏やかな牛の群れが間違った道をたどり、深い断崖の縁でかたくなに立ち止まる。僕から遠く離れ、おお、君は残酷だ。

　僕から遠く離れ、流れ星がひとつ、詩人の夜の瓶の中に落ちる。詩人は素早く栓をし、それ以降、ガラス瓶に閉じ込められた星を見張り、瓶の内壁に生じる星座を見張る。僕から遠く、君は僕から遠い。

　もしも君が知っているなら。

　僕から遠く離れ、家が一軒建てられたばかりだ。

　白い作業着をはおった石工が、足場のてっぺんでとても悲しい歌を歌うと、突如、モルタルに満たされた容器の中に、家の未来が映し出される。口づけをする恋人たち、二人の情死、寝室にいる見知らぬ美女たちの裸と

彼女たちの真夜中の夢、そして寄木張りの床板に意表をつかれた淫蕩な秘密の数々。

僕から遠く離れ、
もしも君が知っているなら、
もしも僕がどんなに君を愛しているかを、君が知っているなら、たとえ君が僕を愛さなくても、僕はどんなに嬉しいだろう、君のイマージュを心にして、どんなに僕は揺るぎなく、誇らしげに、この世界から去って行くことだろう。

どんなに僕は喜んで、死んでいくことだろう。

どんなに世界が僕に従属しているかを、もしも君が知っているなら。

そして君、美しくも反抗的な君もまた、どんなに僕に囚われていることか。

おお、僕から遠く離れた君よ、君に僕は従属する。

もしも君が知っているなら。

否、愛は死にはしない　Non l'amour n'est pas mort

愛は、葬儀の開式が宣告されても、この心、この眼、この口の中で死にはしない。

聞いてほしい、僕の中では、絵になるような美しさ、色彩、魅惑が充分に備わっている。

僕は愛を愛している、その優しさと残酷さを。

僕の愛は、ただ一つの名前、ただ一つの形しか持たない。

すべてが過ぎゆく。無数の口がこの口に張りついていく。

僕の愛は、一つの名前、一つの形しか持たない。

おお君よ、僕の愛の形と名前を、

もしも君が思い出すなら、それはいつの日だろうか、
アメリカ、ヨーロッパ間の海の上での一日、
太陽の最後の光線が、波打つ水面(みなも)に反射する時、あるいは嵐の夜、田園の樹の下にいる時、あるいは猛スピードで走る自動車にいる時、
マルゼルブ大通りの春の朝、
雨の日、
君が寝る前の夜明けに、
君よ、僕は親しみ慣れた君の幻影に、言い聞かせるだろう、君をより愛しているのは僕だけで、このことを君が知らなかったのは残念だと。
君よ、物事を後悔してはいけない、というのも、僕の前のロンサールとボードレールは、最も純粋な愛を軽蔑していた老婆と死んだ女の後悔を詩に歌ったから。
君よ、君が死ぬ時、
君は相変わらず欲望をそそる美しい女(ひと)だろう。

僕はすでに死んでいて、生と永遠の絶え間なき驚異のままに、いつまでも存在する君の不滅の肉体と、君の驚くべきイマージュに完全に囲まれているのだ、でも、もし僕が生きているなら、
君の声とそのアクセント、君の眼差しと視線、
君の香りと君の髪の匂い、さらにたくさんのものが僕の中で生きていくだろう、
ロンサールでもボードレールでもない僕には、
ロベール・デスノスである僕、君を知り、愛するために存在する僕しかいない、
とても値打ちがある。
ロベール・デスノスであり、君を愛するために存在する僕。
取るに足りぬ地上での僕の記憶に、何か別の評価が僕に付け加えられることはないだろう。

死の瞬間の手のように　Comme une main à l'instant de la mort

死と破滅の瞬間の手のように、伸び上がり、沈みゆく太陽の光線のように、いたるところからあなたの眼差しが溢れ出す。
もはや時間はない、おそらく僕に会いまみえる時間などないだろう、
だが、枯れ落ちる葉っぱや回転する車輪は、地上で永続的なものが何もないことを教えてくれる、
愛の他には何もないと、
そう僕は自分を納得させたい。
赤みを帯びた救護船、
嵐が過ぎ去り、

古めかしいワルツが時間を押し流し、空の長い空間を風が吹き抜ける。
数々の風景よ。
この僕は、僕が望む抱擁の他には、何も欲しくない、
雄鶏の鳴き声も消え去るがいい。
死の瞬間の手のように、痙攣し、僕の心が締めつけられる。
僕は君を知って以来、一度も涙を流したことがない。
涙を流そうにも、僕は自分の愛を愛し過ぎているのだ。
君は僕の墓で涙を流すだろう、
それとも僕が君の墓で涙を流すのだろうか。
まだ遅すぎはしない。
僕は嘘をつくだろう。君が僕の愛人だったと言うだろう、
それにしてもなんて虚しいことだろう、
君と僕、僕たちはやがて死ぬわけだから。

夜陰にまぎれて

À la faveur de la nuit

夜陰にまぎれて、君の影に滑り込む。

窓辺に映る君の影、その足どりを追いかける。

窓辺のその影、それは君だ、他の誰でもなく、君だ。

その窓を開けるな、カーテン越しに君が動いている。

目を閉じて。

僕の唇で君の目をふさいであげよう。

ところが窓が開き、風がそよぐ、灯火と帷を奇妙にゆらめかせ、風が僕の行き先を取り囲む。

窓が開くと、そこに君はいない。

僕はそれをよく分かっていた。

今世紀のある子供の告白

CONFESSION D'UN ENFANT DU SIÈCLE

「シュルレアリスム革命」第六号（一九二六年三月）

私は一人で遊んでいました。私の六年間は夢の中で生きていました。海上での遭難（カタストロフ）に育まれた想像力によって、私は美しい船で、うっとりするほど素晴らしい国々へ航海しました。寄木張りの床が荒波そっくりに見え、私は思いどおり、タンスを大陸に、椅子を無人島に変えました。なんて危なっかしい航海でしょう！　ある時は復讐者が私の足の下に潜り込み、またある時は、メドゥーサがワックスをかけたオーク材の海の底へ沈んでいきました。それから私は絨毯の浜辺に向かって両腕の力で泳ぎました。こうしてその時、私は最初の官能的な情動を味わったのです。それは本能的に私を死の恐怖に同化させるものでした。その時以来、私は航海に出るたびに、茫漠たる海で溺死したいと思うようになりました。そこには「夜の大海原」と題する詩篇の記憶がありました。

おお、どれほど多くの水夫が、どれほど多くの船長が、
はるか遠くの岸辺に向かって、喜び勇んで逝ってしまったことか、

私は偶然この詩篇を隠された本で読み、肉体的な快感に巻き込まれて力を消耗させました。ユゴーは私の子供時代を支配していました。私は青春時代、純なドラマを再構築しない限り、

決して恋愛することができなかったのと同様、『諸世紀の伝説』や『レ・ミゼラブル』を読んで感じたもの以外に、詩的な情動を決して覚えることができませんでした。

こうして私は九歳まで六年間を過ごしました。

ドレフュス事件の最後の反響があり、耳に入った会話の断片から、九十三という暗号、私の洗礼名ロベールとピエールが結合したロベスピエールという名前の響きがあり、肘掛け椅子や長椅子のバリケードで対抗するような革命共和国への夢想がありました。私たちはサン・メリ教会（訳注：パリ右岸、サン＝ジャックの塔に近いゴシック風寺院）の真向かいに暮らしていました。「北の橋」という素晴らしい歌の中で、修道院の反乱の記憶が、北方の鐘々の音と混ざり合い、夜中にベッドで目覚めると、私は夜間の争闘を彷彿とさせる、不気味なほど街灯に照らされた歩道をひと渡り目にすることができました。

ともかく、私が夢と現実、欲望と所有、未来と過去を混ぜ合わせていることを、あらかじめ読者に承知してもらうよう私は配慮しています。

ギュスターヴ・エマール（訳注：十九世紀フランスの人気冒険作家。北米フロンティアやメキシコを舞台にした冒険物語を多数発表した）は女性のイマージュを初めて私にもたらしました。それから私は、匂い立つ大草原（サヴァンナ）で、命知らずのスペイン人たちと野生の馬と猟騎兵を追いかけました。ヒロイズムはそれ以降、愛と融け合っていきます。官能的な唇を満足させるため、釣り合いのとれた乳房に身震いを引き起こすため、血が縦横に流れました。私が生きている孤独は、大いなる自然の孤独と融け合い、もはやそこにあるのは情熱の心象（イマージュ）だけだったのです。

かつまた、私は学校に通っていました。私たちに読み書きを教えてくれた先生は若い女教師でした。私はもっぱら彼女を夢に見ましたが、彼女が認めるほど面目を施したことなど一度もありませんでした。

ある日、生徒の一人が特に手に負えなかったので、彼女はその生徒を鞭で打ちました。この恥ずかしい剥き出しの光景、私の性の何かが感じ取った屈辱、若い女性の官能的な残酷さは、私を深く掻き乱し、想像上の難破船に近しい感覚をすぐに感じたのです。仲間と連帯した私の憎しみは、若い女教師への私の愛情と混ざり合っていました。私は復讐が必要だと思いましたが、にもかかわらず、彼女はこの一件以来、これまで以上に私を可愛がってくれました。私は街路で、小さな女の子たちが学校に通うのを待ち伏せました。そして女の子たちを抓ったり、叩いたり、髪を引っ張ったりして、晴々した気持ちで教室に戻ると、黒板にチョークの文字が星々のように放射状に輝いているのを目にしました。私は復讐を夢見ました、けれども生徒たちのたどたどしい朗読の声が、若いピアニストの単調な音階にも似て、ガスのシューシューいう音と混ざり合っていました。

愛は、私にとって変わりのないものでした。私は卑しくて愚かな砂漠で自分を見失うことができたし、偽善的な愛を代表する最悪の場所へきちんと通うことができましたが、情熱は私にとって罪と麻薬の味わいを持ち続けたのです。私が最も愛した人々、私が最も愛する人々、そうした人から切り離されない限り、その優しさを克服しない限り、たとえその人の不在による残酷さに苦しんだとしても、私はそれらを夢見続けるのです。愛がどこまで私の欲望を駆り立てるのか分かりません。その欲望は情熱的であるがゆえに合法なのです。

革命、優しさ、情熱、私は人生をひっくり返すことのない人々、つまり失うこと、捧げることができない人々を軽蔑します。ここにある、海辺の砂浜に捨てられた本が、ひとりでに欲していたページを開いていくのです。太陽、その存在を確認しようとすると、おそらくすぐに見えなくなるでしょう。けれど、もう時間がありません。その涙、私たちが愛を捧げる女性の涙が絶え間なくそこに流れるので、私たちはいつもより塩辛い水に飛び込むのです。

《君たちはどこへ向かうのだ?　絶好のタイミングで不意にやって来た税関吏が言います。

——私たちは彼女を探しています。太古から海は、泳いでいる私たちの丈夫な体を転がし続け、私たちは彼女にまで到達するのです。彼女は岬の階段を降りてきて私たちに手を差し伸べ、

それから……》

《それからそこで、いろんな物語が始まります》、私が書いている羽根ペンが私にそう言います。その声が私に聞こえているのでしょうか？

そこでは、すべてが穏やかで良識に息づいています。私の話はこれで終わりです。二世代にわたる愚か者の詩、インク壺、窓の中で、出血に疲れ切った吸い取り紙は、常に論理的であるわけでなく、限定された目的に従属しているわけではありません。しかし私は疲労を克服しました。私は自分の幻想をこれっぽっちも失っていないし、むしろ人生に必要な、この貴重な現実をこれっぽっちも失っていません。

この私、私と私は、生き、欲し、愛します。目を閉じると、驚異的な世界が私に開かれます。この驚異的なという形容語は、私の語彙に頻繁に登場しますが、それは語の正当な意味においてです。この驚異的な世界を私が開いた時、私にはそれが消え失せないのです。親愛なる二重の生よ！　私が他のみんなと同じように話す時、私は架空の人物とも話しています。人はここで静かに私が存在していると思っていますが、私はまた別の場所、誰も知らない、驚天動地の領域にも存在しているのです。

私は二重に生きていると言いました。街路に一人で、または人々といる時、私は常に予期しない境遇の激変、望ましい出会いを想像します。私が知っている人々は、時には主役になります。私は彼らの知らないうちに彼らを利用します。そういうわけで、彼らは私の夢のままに、私だけが知っている存在になっていきます。誰がその種のものを私から所有できるというのでしょう、私を無力に至らしめるものなどあるでしょうか？　私は悲劇の中で多くの人々に様々な役割を演じさせたので、彼らの顔つき自体が私の目にすぐに変形していくのです。もはや私は、彼ら独自の行動と、私が操る彼らの行動とを、分けることができません。馴染みのある風景は、私の理想とする舞台にも役立てられます。それによって、彼らは新たな魅力を帯びるのです。さらに私が満足するために構築するのは、新しい都市、新しい大陸です。私にとっては、この値打ちでしか、生きることに耐えられないのです。私は幼い頃からこの特権的能力を持っていました。あれやこれやが現実に私に起こります、同時に現実以外の他の場所でも起こる以上、何が問題だというのでしょうか。

このようにして、私は夜の夢の私という人物を、覚醒した状態で追跡するのです。千年間生きていたとしても、それ以上の記憶を持っていると言ったボードレールのように、物事が次々とあまりに早く移り変わり、豊饒なイメージがあまりに広大なので、私は己れを満足させることができます。実際のところ、私に記憶があるのでしょうか。私は永遠という知覚にたどり着いているのです。これら実存的な物事を一覧にして書き留めたとして何になるでしょうか。というのも、夢が触知できる動きと同様に実存的なのですから。予言は記憶のようにすべて手の届くところにあり、私にとっては、過去と未来の間に何の相違もありません。動詞の時制はただひとつ、現在形だけなのです。

私は今日、街の見知らぬ界隈で道に迷いました。ショーウィンドゥの後ろから、いやらしいフィギュアが道に迷った通行人を見つめていました。一人の少女が壁に貼られたポスターの方へ私を引っ張った時、私は逃げようとしました。それは小型測量機器製造工場の建設に関わったアンケート調査でした。私は最後まで先読みせずに、何回もポスターを続けて読みました。最後の行は、私が疲れていたせいか、外国語で印字されていたせいか、理解できないままでした。突然、大型トラックの騒音で振り向くと、私はこの界隈をよく知っていることに気づいたのです。そこは代議院の裏側でした。

《ひどい騒音（boucan）だわ》、少女が私に言いました。

すると私は、アスファルトの色をした一羽の鳥が歩道に降り立ち、小刻みに歩き始めたのを目にしました。

しかし少女は、私がその鳥の本当の名称を失念して思い出そうとしている間も、私を引っ張っていきます。私たちは、四人の太った紳士が座っているベンチの前までたどり着きました。紳士たちは、私の記憶では、《自由な言葉》という新聞を読んでいました。

少女は老人たちの靴を脱がせたのですが、私はほとんど驚きませんでした。というのも、教会で貧しい人々の足を洗う日が、年に一度あったこと、その一方で、最近パリに建てられたモスクで仮面舞踏会に招待され、入場する前に靴を脱いで足を洗わなければならなかったことを思い出したからです。

しかし私には、これら四人の老人が貧しかったのか、変装していたのかは分かりません。私は彼らに触れたのですが、身動きすらしなかったのです。

私は彼らから遠ざかり、すぐそこにあるモスクの方へ向かいました。何よりも驚いたのは、洗面所の看板のように、入口にブリキ製の三色旗があったことでした。

この瞬間、大きな満足が私を捉えます。《これは巨嘴鳥（toucan）であって、騒音（boucan）ではないのだ》、そう銘記しておこう。それを少女に伝えようと彼女を探しましたが、彼女は立ち去っていきました。

《あなたがそんな夢を見ていたと、あなたは私に伝えるつもりなの？

——誰に伝えるの？　私に？　それともあなたに？》

私が棲む世紀のある子供の告白

Confession d'un enfant du siècle tandis que je demeure

「シュルレアリスム革命」第八号（一九二六年十二月）

私は恋愛を不法に推し進める空間に留まっていますが、もし面と向かい合って悲惨な出会いだと呼ぶことに私が同意できるなら、お互いが幻影のように会い続けるのです。私は束の間の亡霊を目撃するでしょう。どうして私が嫉妬などできましょう、それは詩的で悲痛な運命の無意識下の手段であり、より高い宿命の慰みであり、私が不幸や苦難に立ち向かう目に見えない忍耐を一層感じるよう、相手を呼び起こすのです。忍耐、しかしこれは諦めではありません。私は自分の中の嵐と絶望を心に秘めています。サイクロンの真ん中に位置する暗礁は、泡立つ海の影響を受けません。海水がなめらかな岩角を滑っていき、流れ去った水が亀裂に少量の塩分を残すと、夢のように美しい結晶に変わるのです。（内なる涙が深い瞳に残す輝きを私は愛します）。私の愛する美しい船が難破して沈むのを、私は何年も待っていました。ずっと前から、あまりに穏やかな海上で、カタストロフが起こってきたに違いないほどの量で、渦巻きが空に積み上がっていくのを私は目にします。その時、海が恐ろしいほど想像を絶する美しさになるのは間違いありません。

私はこの難破を切望しています、私の忍耐の悲劇的な終わりを迎えるのを切望しているのです。幽霊船を装って時々私に現れる無情で美しい船は、暗礁に誘い込まれない限り、肉体と幸福を失うことを受け入れはしないでしょう。

私が留まっている間、不法な恋人たちは絶え間なく通り過ぎます。彼女が承知していると思う日々もあれば、欺かれるのを怖れる日々もあります。しかし私は留まり、恋人たちは通り過ぎます。彼女は私のまったく偽りのない想念の存在を自分の人生に受け入れ、いつの日か、私の愛、そして彼女自身の愛がもたらす、やり切れぬほどの悲劇的な証拠を受け入れることでしょう。

そう、彼女自身の愛です。というのも、彼女が私を愛してくれる、もしくは、私がこの問いを欺瞞的な時間の条件に委ねることに応じられない以上、彼女が私を愛するだろうことは間違いないからです。

しかしそれでも私は、自分がへりくだってまで受け入れるようなことはしません。嵐、私はその張本人であり、その犠牲者の一人になるでしょう。狂おしい愛の想念は、決算された次の日に、ますます手に負えず、ますます澄み渡り、君の中に立ち上がっていくでしょう。

私は留まり、恋人たちは通り過ぎます。

こうして恋人たちは通り過ぎ、性の儀式に服従する茫漠たる幻影は、恋人たちが感じようと望んだ愛の精神的な法則を忘却してしまいます。魂と物体によって生きている以上、私はこの馬鹿げた蜃気楼を最初の抜け殻と共に打ち払うため、白昼に諸手を挙げて、相互的な愛の息吹だけを渇望するのです。

ÉDITIONS IRÈNE

Je vous souhaite d'être follement aimée.— André Breton

エディション・イレーヌ
図書目録

2024年
4月

メール等、直接のご注文を歓迎します。
〒616-8355 京都市右京区嵯峨新宮町 54-4
TEL:（075）864-3488
e-mail: irene@k3.dion.ne.jp

時計のなかのランプ

アンドレ・ブルトン　トワイヤン 扉絵　松本完治 訳

広島に核が投下されて3年後の1948年に発表された戦後のシュルレアリスムを代表するエッセイ。核の脅威に危機感を募らせた、現代に通じる憤激と祈りのエクリチュール！「世界市民」運動でのブルトンのスピーチを本邦初訳で追加収録。

●A5変形・仮フランス装、カラー扉絵、表紙箔押し　2500円＋税

神秘の女(ひと)へ

ロベール・デスノス　アンドレ・マッソン 挿画　松本完治 訳

シュルレアリスムの神髄に触れた詩人の真骨頂をなす表題詩集に加え、貴重な散文及び没後出版の詩集「何気ないふうに」を収録、盟友マッソンの圧巻のカラー・エッチングとアルトーのオマージュを付した珠玉のアンソロジーを布張美装本で贈る！

●A5変形・布張上製本、カラー挿画4点、表紙箔押し題簽貼り　3300円＋税

既刊

汚れた歳月

A・P・ド・マンディアルグ　レオノール・フィニ 挿画　松本完治 訳

第二次大戦下のモナコに隠遁した著者が、限定280部私家版として刊行した記念碑的作品。悪夢とエロスが混淆した《奇態なイメージ》が炸裂する極彩色の「幻象綺譚集」26篇に、私家版収録のフィニの挿画を添えて、待望の本邦初訳で贈る！

●A5変形上製本、挿画3点入、208頁　2800円＋税

異国の女(ひと)に捧ぐ散文

ジュリアン・グラック　山下陽子 挿画　松本完治 訳

1952年、私家版・非売品・限定63部で発表された幻の散文詩集。愛に高揚する壮麗な佳品12篇に、美麗極まる山下陽子の挿画8点を添えた詩画集。意匠を凝らしたドイツ装箔押し美装本で贈る！

●A5変形上製ドイツ装、糸綴じ美装本、表紙箔押し題簽貼り、挿画8点入　3200円＋税

ジャック・リゴー遺稿集——『自殺総代理店』他

ジャック・リゴー　松本完治・亀井薫 訳

銃弾を胸に撃ち込んで《予定された》終止符を打ったダダイストにして、美貌のダンディ、ジャック・リゴー。ルイ・マルの映画『鬼火』のモデルとなったリゴーの実像に迫る本邦初の決定版。

●四六判、写真29点入、224頁　2500円+税

エロティシズム

ロベール・デスノス　アニー・ル・ブラン序文　松本完治 訳

バタイユに先駆けること34年、天才デスノスが放つ究極のエロティシズム概論。サド研究の第一人者、アニー・ル・ブランの序文を新たに付し、澁澤龍彦訳以来、60余年ぶりの新訳で贈る。

●四六判上製本、152頁　2500円+税

シュルレアリストのパリ・ガイド

松本完治 著・編・訳

シュルレアリストや《ナジャ》が歩いた道筋や場所をたどり、パリの街路に、シュルレアリスムの実像を浮き彫りにする本邦初の画期的なパリ案内。シュルレアリストゆかりのカフェ、劇場等、詳細なパリ地図付き。

●A5判美装本、写真図版70点入、184頁、　2500円+税

マルティニーク島 蛇使いの女

アンドレ・ブルトン　アンドレ・マッソン挿画　松本完治 訳

マッソンのデッサン9点と、詩と散文と対話が奏でる、目くるめく《魅惑》と《憤激》のエクリチュール。熱帯の島マルティニークの神秘と、それを侵すものへの憤激が、ブルトンやマッソンの詩文と絵に溶け合ったシュルレアリスム不朽の傑作。待望の日本語完訳版がついに刊行！

●A5変形美装本、挿画9点、うち7点別丁綴込・特色刷り　2250円+税

塔のなかの井戸〜夢のかけら

ラドヴァン・イヴシック&トワイヤン詩画集　松本完治 訳・編著

最晩年のアンドレ・ブルトンに讃えられたトワイヤンの眩惑的な銅版画集にイヴシックの散文詩を添えた魔術的な愛とエロスの詩画集。詳細な資料本を添え、2冊組本として刊行。

●2冊組本・B5変形函入カバー付美装本、フルカラー銅版画12点、デッサン12点、図版60点入　4500円+税

至高の愛——アンドレ・ブルトン美文集

アンドレ・ブルトン　松本完治 訳

晩年の名篇『ポン=ヌフ』をはじめ、マンディアルグが推賞してやまぬブルトンの美文3篇を厳選収録、併せて彼の言葉の《結晶体》を編んで、その思想的真価を現代に問う。

●四六版上製本、写真・図版多数収録　2500円+税

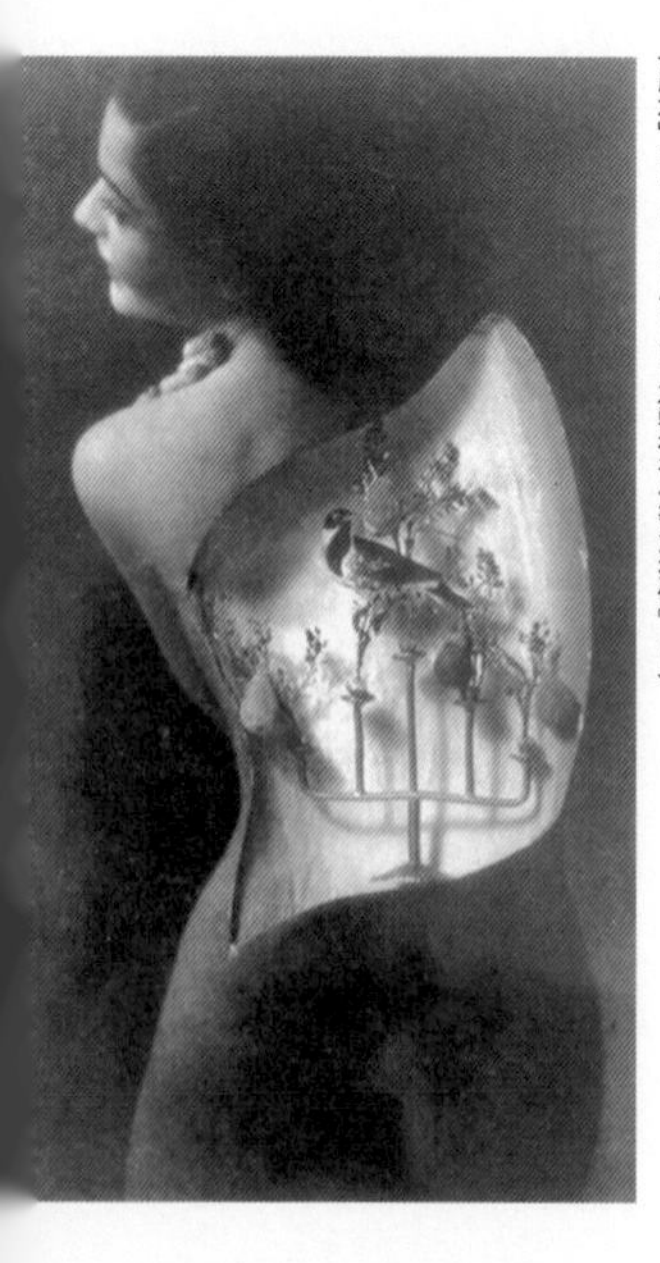

「肋木」インドリッヒ・ハイズレル（弊社刊『等角投像』より）

Ⅰ 太陽王アンドレ・ブルトン

アンリ・カルティエ＝ブレッソン、アンドレ・ブルトン　松本完治 訳

石を拾い、太古の世界と交感するブルトンの姿を活写した表題写真集と、石をめぐる心象を綴った名篇『石のことば』を添え、ブルトンの魔術的宇宙観の精髄をみる。

●B5変形美装本、写真13点収録　２２５０円＋税

Ⅱ あの日々のすべてを想い起こせ

——アンドレ・ブルトン最後の夏　ラドヴァン・イヴシック　松本完治 訳

晩年のブルトンと行動を共にした著者が、その死に立ち会うまでの12年間の記憶を綴った渾心の回想録。１９６６年晩夏、ブルトンの死に至る衝撃の真実。

［２０１５年４月ガリマール社刊、初訳］●A５変形美装本　２５００円＋税

Ⅲ 換気口 Appel d'Air

アニー・ル・ブラン　前之園望 訳

詩想なき現代社会の閉塞状況に叛逆の《換気口》を穿ち、ポエジーの復権を訴えたシュルレアリスム詩論の名著。アンドレ・ブルトンに将来を嘱望された著者の本邦初紹介。

●A５変形美装本　２５００円＋税

Ⅳ 等角投像

アンドレ・ブルトン　松本完治 編　鈴木和彦・松本完治 訳

最晩年の未訳のエッセイ、インタビュー、愛読書リストを添え、ブルトンが晩年に発掘した22名の画家作品をカラー図版で紹介、さらに詳細な年譜を収録した画期的編集本。

［５００部限定保存版］●A４変形美装本、図版約１６０点収録　４２６０円＋税

Ⅴ シュルレアリスムと抒情による蜂起

アニー・ル・ブランほか　塚原史・星埜守之・前之園望 訳　松本完治 編・文

２０１６年９月に東京で開催された、アンドレ・ブルトン没後50年記念イベントの全記録。ル・ブランの来日講演録、ブルトンの長詩『三部会』他、展覧会図録を収録。

●四六判上製本、フルカラー24頁図版入、２３２頁　２８８０円＋税

詩 ロートレアモン伯爵　画 ナディーヌ・リボー　訳 松本完治

現代フランスの鬼才、ナディーヌ・リボーが描く驚異のイマージュ33点と抄訳を対に付し、雨と降る流星のように美しい叛逆のポエジーが画像に結実した入魂の詩画集。

●B５判カバー装、ドローイング33点入、フルカラー92頁　２８００円＋税

虜われ人の閨房のなかで

ナディーヌ・リボー　山下陽子 挿画　松本完治 訳

山下陽子の挿画で贈る現代フランスの作家ナディーヌ・リボーの比類なき愛とエロスの詩篇。対訳版による日本・フランス同時刊行として、瀟洒な糸綴じ美装本で贈る！

●B５変形判アートボール表紙、挿画４点及び表紙エンブレム入、糸綴じ美装本　１７５０円＋税

エドガー・ソールタス〈紫と美女〉短篇叢書

全巻表紙画 宇野亞喜良

不当にも米文学史から忘却された世紀末の頽唐派作家エドガー・ソールタスの短篇集『紫と美女』から、珠玉の掌編を一篇ごとに美装本の小宇宙に閉じ込めて、本邦初訳で贈る！

*アルマ・アドラタ　松本完治 訳

*太陽王女　生田文夫 訳

*サロンの錬金術　松本完治 訳

●限定８００部、B６変形美装本、各巻平均38頁、造本：間奈美子　各巻１８００円＋税

文芸誌 屋上庭園——甦る言語芸術の精華

耽美・頽唐文学の饗宴！豊饒たる過去の世から美の結晶を選りすぐり、今は失われた麗しき言語芸術の精華を、「るさんちまん３号」を継承して、あえて世に問う《反時代的》アンソロジー。

●B５判上製紙使用　２４００円＋税

奢灞都館刊行——全書籍目録

編集 松本完治　所蔵 鎌田大

1972年創業以来、約30年にわたり、造本デザイン別にして120点余りの美装本を世に出した、世界に例を見ないプライベート・プレス「サバト館」。フルカラー書影70点余りで紹介した、我が国初の完全書誌目録。

● B5判冊子、フルカラー52頁、写真・図版76点入　2200円税込

文芸誌 るさんちまん 3号　特集:デカダンス

昭和最後の年を飾る不朽の文芸誌。貧血した現代的状況への《るさんちまん》をもって、今は亡き美の狩猟者、生田耕作監修のもと、失われた馥郁たる文芸の美とデカダンの百花園を甦らせる。

● B5判上製紙使用　3500円＋税

品切本

- 薔薇の回廊　A・P・ド・マンディアルグ　山下陽子 挿画　松本完治 訳
- 愛の唄　ジャン・ジュネ　日乃ケンジュ 挿画　松本完治 訳
- 母、中国、そして世界の果て　ヘンリー・ミラー　生田文夫 訳
- 巴里ふたたび　アナイス・ニン　松本完治 訳
- 自殺総代理店　ジャック・リゴー　亀井薫・松本完治 訳
- ナディーヌ・リボー　コラージュ作品集　松本完治 編・訳
- るさんちまん 創刊号　編集 松本完治、協力 生田耕作
- るさんちまん 2号　編集 松本完治、協力 生田耕作

サテン オパール 白い錬金術

ジョイス・マンスール詩集　松本完治 訳　山下陽子 挿画

狂おしいまでの愛と死とエロス。美貌の女性詩人が放つ官能と死に引き裂かれた詩篇から172篇を精選、山下陽子の挿画を添えた本邦初の決定版詩集。

● A5変形函入美装本、表紙箔押し、384頁、挿画4点入　3250円＋税

近刊予定のご案内〈以下の本は未刊ですのでご注意ください〉

虎紳士

〈「シュルレアリスム宣言」及び生田耕作生誕100年・没後30年記念出版〉

ジャン・フェリー　アンドレ・ブルトン序文　生田耕作・松本完治 訳

ブルトンが「黒いユーモア選集」で絶讃した鬼才ジャン・フェリー。生田耕作訳の表題作をはじめ、恐怖と暗いユーモアが漂うパタフィジックな奇想コント21篇に加え、生田耕作年譜及び書誌の完全版を収録し、稀代の文学者の偉業を偲ぶ。

マダム・D

ジャン・ロラン　日乃ケンジュ 挿画　松本完治 訳

仏蘭西19世紀末のデカダン作家ジャン・ロランの代表作「仮面物語集」から妖艶にして鬼気迫る表題作を訳出。ジュネ作「愛の唄」の挿画で著名な画家・日乃ケンジュの圧倒的な迫力にみなぎる妖しくも細密なペン画4点を添え、大型美装本で贈る!

針の筵の上で

インドリヒ・ハイズレル　J・シュティルスキー 写真　松本完治 訳

ナチ占領下の1941年プラハの地下出版。日常に忍び寄る驚異の予兆を活写した稀代の芸術家シュティルスキーの写真に、将来をブルトンに嘱望されたハイズレルが詩を添え、トワイヤンに捧げたチェコ・シュルレアリスムの精華を本邦初訳で贈る!

女騎士エルザ

ピエール・マッコルラン　松本完治 訳

古き良き時代のパリの作家マッコルランの作品中、最もポエジックでファンタスティック、風刺のきいた長篇小説として、生田耕作や澁澤龍彦らに愛された表題作を90年ぶりに新訳で刊行。黒海の軍港セヴァストポリの貧しい小娘エルザの運命や如何に!

ベイラムール

A・P・ド・マンディアルグ　松本完治 訳

文豪スタンダールの本名アンリ・ベイルとアムールを掛け合わせた造語「ベイラムール」。J・J・ポヴェール版で発表された表題恋愛論に加え、パリ五月革命下の愛を描く短篇小説「マ

何気ないふうに

mines de rien

夜明けに　A l'aube

朝が小皿の山のように粉々に崩れ落ちる
何千もの磁器の破片になり、時が砕かれ
鐘が響きわたり
滝になる
このとんでもなく貧しいビストロのカウンターにまで
そこは星々がカフェの夜にまだ瞬いている

彼女は貧しくない
泥で汚れたイヴニングドレスに身を包んだ、あの人、

それどころか、朝が現実のものとなって豊かだ、
己れの血に酔い
そしてどれだけ眠れずとも損なわれない己れの吐息の香りに酔いながら。

彼女そのものが豊かだ、朝が訪れるたびに
過去、現在、そして未来へと、
彼女そのものが豊かだ、彼女を領する眠り
マホガニーのような堅固な眠り
眠りと朝、そして彼女自身の豊かさ
そして朝ごとに、眩いばかりの夜明け、
光の滝、眠り、
生き生きとした夜々、
たったそれだけを数える彼女の生活のすべて。

彼女は豊かだ、
たとえ彼女が手を伸ばし
泥まみれのドレスに身を包み
砂漠のように孤独なベッドの上で
冷えた朝に眠らなければならないとしても。

口述調書

Procès-verbal

サペルリポペット侯爵夫人[*]は
羽根と薄暮と
そしてグリセリンでそっくりに真似できる涙が好きだ。
柔らかいもの、ふんわりしたもの、心地よいもの、趣味の良いものが好きだ。
親愛なるサペルリポペット侯爵夫人。
サペルリポペット侯爵夫人はうっとりするほど上手に歌う
そしてそう言っているのはあなただけよと甘くささやく。
白鳥の歌。
薔薇の、グラジオラスの、気つけ薬

など……、など……、など……

親愛なるサペルリポペット侯爵夫人

私があなたをどう思っているか、もしあなたが知ったとしたら…

＊　サペルリポペット saperlipopette………話し言葉で「糞ったれ」「畜生」「いまいましい」の意。

私のグラスの中で

Dans mon verre

私のグラスの中で小さなキリンは何をしているのか？
酔っぱらってるキリン
ぶち壊れているキリン
ミルクとグリーンリーフ味のキリン
どんな砂漠の中へ君は迷い込んだのか？
そう、私がグラスで飲んでいるのは
　砂漠だ
渇ききった砂漠
　骸骨より死んでいる

生命も、空気もない砂漠
　星もない
世界の終わりの本当の砂漠
あらゆる深淵や国境から遠く離れた
　この場所にどうして君は
　迷い込むことができたのか
キリン　キリン　酔っぱらってる小さなキリン
でも私のペンの下で君はなんという幸運を
　手に入れたのだろう？
なぜなら私はこの砂漠を
グラスで飲み干すこの砂漠を
燃えるように鮮烈なオアシスに
泉のせせらぎと樹々のそよぎに
　満ち溢れた平原に

芝生と花が咲き乱れる場所にするだろうから
熟れた果実が引き裂かれ
　芳しい血が流れだす
私はこの砂漠を肥やしてやるだろう
生へのはかりしれない我が愛の
　すべての花々に。

交差点　Carrefour

この交差点には思い出、出会い、
　奇妙で不条理な、そして極めて貴重な
　出来事の風情がある
薬屋のショーウィンドウにはオレンジと緑で花が飾られ
カフェの窓ガラスには琺瑯の碑文が読める
通行人の鼻歌はほかと同じだ
街灯も同じ
家並みもほかの多くと同じ
同じ石畳

同じ舗道
同じ空
それでも多くの人がこの場所で
　　立ち止まる
多くの人がそこで感じ取っているようだ
　　自分の体の匂いを
曲がりくねった忘却のなかに
取り返しのつかないほど埋もれ
過ぎ去った愛の香りを。

私たちは笑うだろう……　Nous en rirons…

だいぶん後になって笑えるだろう
でも今のところは泣きはしないだろう
花々とリキュールの滝
香水の巨大な膿
樹液と水の間欠泉
私たちの目の前にある大地のすべてが
　農婦の指の下で乳房から出てくるミルクのように湧き上がる
葡萄が熟しそこからワインの間欠泉が
　噴出する

どんぐりが芽を出しそこから歌と葉っぱをつけた
　樫の木の間欠泉が噴出する
海が浮き沈みその泡から
　漂流物や未知の大陸、木と、土と、
　古い海藻の間欠泉が噴出する
それでどうなる？
私たちはひとつの穴だけを夢見るだろう
　この豊穣な大地に
私たちは死だけを夢見るだろう
　生命が与えられたこの世界に
私たちは存在しない死だけを
　夢見るだろう
　美しいものがたくさんある
　この世界のなかでは

そこはすべてが美しくなれる場所
そこは生命がもたらされ生きていく場所
とこしえに。

火

Feu

すると大海原の端っこから
　地中海の岸辺まで火焔と煙と血の
　潮（うしお）が打ち寄せた
火そして血
その事象はあらゆる都市さらに
　死人のように痩せこけた山々の岩だらけの
　斜面にある村落すべてで発生した
火と血そして死
彼らは戦うそしてただ一つ自由という名が

世界中の若者、
世界中の自由な若者の精華によって推し進められ
戦闘の騒音の中で浮かび上がる
メキシコの友、タタ・ナッチョ[*1]
我々はスペインの人々と
結束しないわけにはいかないだろう
ロシアの友、エイゼンシュテイン[*2]
スペインの人々と心をしっかり通わせよう
アメリカの友、ヘミングウェイ[*3]、ドス・パソス[*4]
ほかの誰よりも燃えるように情熱的な
渡航者である君
チリの友、コタピス、君は誰よりも
愉快だ
グアテマラの友、アストゥリアス[*5]

アイロニーと感情を込めて
キューバの友、フェリックス・ド・カストロ
　焔とその熱さ
友よ、すべての国々の友よ
スペインの人々と心をしっかり通わせよう
ノルウェーの友、ペール・クローグ[*6]
　誠実さと廉直さ、そして勇気
私がこの詩文を書いている今も勝利を収めている
スペインの人々と目と目を、心を
　通わせよう
インドの友、チャールズ卿
　あまりに優しく、あまりにフレンドリーな友
アルコールで赤くなった肝臓と
懐疑で赤くなった信条、だがスペインの我々の

兄弟たちと手を取り合っている
日本の友、おそらくたった
一人の友、タカサキ[*7]
大きく見開いた目、不器用な口もと
今は塞がれた目、閉じた口のタカサキよ、
死んでから何年か経つが、
君はスペインの人々、
共和制スペインのために
ずっと我々と一緒にいるだろう

＊1　タタ・ナッチョ Tata Nacho……メキシコの作曲家、イグナシオ・フェルナンデス・エスペロン（一八九四〜一九六八）のニックネーム。一九三〇年代にパリ在住。作曲した歌曲は二百曲以上にのぼる。

＊2　セルゲイ・エイゼンシュテイン（一八九八〜一九四八）……ソビエト連邦の映画監督。『戦艦ポチョムキン』（一九二五）で著名。『イワン雷帝』（一九四四）第二部はスターリンの激怒を買い発禁となった。ハリウッドとも関係が深くチャップリンらと親友だった。

＊3　ヘミングウェイ（一八九九〜一九六一）……スペイン内戦時に国際旅団に参加して共和制を積極的に支援し、その経験を後年の小説『誰がために鐘は鳴る』、『武器よさらば』に生かしたことで有名。

＊4　ジョン・ドス・パソス（一八九六〜一九七〇）も、ヘミングウェイと共に国際旅団に参加してスペイン共和制を支援したが、その後、徐々に右傾化し反共主義的思想に転じたことで知られる。

＊5　ミゲル・アンヘル・アストゥリアス（一八九九〜一九七四）……グアテマラの小説家。デスノスと親しいキューバの作家、アレホ・カルペンティエルと共に魔術的リアリズムの創始者として、後のラテンアメリカ文学ブームの先導者となった。一九二〇年代のパリ留学時にデスノスらシュルレアリストと親交を持った。

＊6　ペール・クローグ（一八八九〜一九六五）……ノルウェーの芸術家。四十歳までパリに住んだ。イラスト、ポスター、彫刻、舞台装置、壁画等、幅広い分野で活躍。北欧伝説に取材した「争いなき世界に向けての闘い」を描いた彼の巨大な油彩壁画が国連安保理議場の正面に飾られている。

＊7　タカサキ……デスノスに関連する日本人を調査したが、ついにタカサキという名の人物を特定できなかった。スペイン内戦に唯一の日本人として従軍し、壮絶な戦死を遂げたジャック・白井（一九〇〇？〜三七）の存在は、国際旅団でも有名で、その名が誤ってタカサキと伝えられた可能性も否定できない。〝不器用な口もと〟という形容がジャック・白井の風貌に酷似している。

次の葡萄収穫期

Vendanges prochaines

歓迎しよう、次の葡萄収穫期を、香りをまき散らし、
　血を滴らせた、うっとりするほど素敵な
　来秋の葡萄収穫期を
歓迎しよう、うめき声をあげる圧搾機、響き渡る
　酒樽と注ぎ口、地下の酒倉、歓迎しようではないか
歓迎しよう、瓶とコルク、そして
　グラス
歓迎しよう、未来の酒飲みたち
　貪るように飲む酒飲みたち

賢く飲む酒飲みたち

素晴らしいこの一九三八年春の
　緑の葡萄から丹精につくりあげていくワイン
私はそのワインを愉快な仲間たちと
　飲むだろう
ブルゴーニュ産の他にワインは存在しないという
　ジャン＝ルイ・バロー[*1]と一緒に
アルジェリア産ワインに簡単に誘惑される
　老カルプ[*2]と一緒に
ボルドー産に目がない
　フランケル[*3]氏と一緒に
シャンパンが大好きなユキと一緒に
私は次の葡萄収穫期の
　そのワインを飲むだろう

どの地下の酒倉にも、
　一滴も残らず、酒瓶の底にさえ
　　なくなるまで
私は心から人生を愛し
　人生に信頼を込めて飲むだろう
人生を愛するのをやめられない
まるで一人の女を愛するように
人生は私を裏切るか
　あるいは私を捨てるかだ

（1937～1938）

*1　ジャン＝ルイ・バロー（一九一〇～九四）……フランスの俳優、演出家、劇団主宰者。映画『天井桟敷の人々』のバチスト役を名演したことで知られる。一九三〇年代、無名の若い時期から、デスノスはバローの才能を買い、劇団興行に際して資金援助をし、マッソンに舞台装置を担当してもらうなど、物心両面にわたって支援した。終生、バローはデスノスを敬慕し続けた。

*2　カルプ……キューバの作家で現代ラテンアメリカ文学の先駆者として知られるアレホ・カルペンティエル（一九〇四～八〇）の略称。キューバの独裁者マチャドに抗議して入獄するも、一九二八年、デスノスの手助けでフランス亡命に成功、以後、デスノスとは無二の親友となる。デスノスより四歳若いのに、老を冠しているのは、彼が年よりも老けて見える揶揄と、老成した人柄への敬愛を織り交ぜたデスノス一流のユーモアであろう。

*3　テオドール・フランケル（一八九六～一九六四）……アンドレ・ブルトンと中学時代からの同級生でブルトンと共に医師となり、ダダ・シュルレアリスム運動を共に歩むが、一九三二年のアラゴン除名を拒否して、ブルトンと決裂する。運動脱退後も、四歳下のデスノスとは仲が良く、ユキと暮らすデスノスの家に、週末には、先述のジャン＝ルイ・バロー、アレホ・カルペンティエル、そしてフランケルらも、飲み会の常連として集まっていた。

末期(まつご)の眼の詩人

訳者解題

本書はロベール・デスノス（一九〇〇～一九四五）の詩集から、それぞれ前期と後期の代表的と思われる詩集を一冊ずつ選んで全訳し、さらにデスノスの本質が語られた貴重な散文『今世紀のある子供の告白』とその続篇『私が棲む世紀の子供の告白』（いずれも一九二六年初出）の全訳を収録したものである。

『神秘の女へ』*A la mystérieuse*（一九二六年六月「シュルレアリスム革命」第七号初出）は、拙訳書『エロティシズム』（エディション・イレーヌ、二〇二一年刊）の後記で一篇のみ翻訳紹介したが、今回は全七篇を訳出した。これは詩集『暗闇』（一九二七年）と並んで、当時デスノスが一方的に恋焦がれていたシャンソン歌手、イヴォンヌ・ジョルジュへの愛を言語化した詩集として名高い。

しかしながら、この作品が単に片恋の苦痛を嘆いた愛の詩集で終わっていない点に、デスノスのデスノスたる所以がある。読者への手がかりとして、本書では、あえて、ジョルジュ・バタイユ、アントナン・アルトー、アニー・ル・ブランの貴重な言葉を冒頭に掲げた。そこでアニー・ル・ブランは明言している、「この詩集が不在の愛を喚起していると単純化するのは非常に間違ったことです」と。そしてこの詩集を読んだアルトーの感動を引用しているわけだが、本書では、アルトーによるジャン・ポーラン宛の手紙全文を紹介し、読者の便宜を図った。

デスノスの、現実世界を透視する千里眼、この世の枠組みや存在をも突き抜ける激しい情動と天才的な言語感覚が、アルトーらを一驚たらしめたわけだが、その秘密は本書収録の『ある世紀の子供の告白』等を読めば、すでに子供時代から鋭敏で烈しい情動に起因する幻視的能力が備わっていたことが知られる。「愛の欲望は情熱的であるがゆえに合法だ」と宣言しつつ、現実とその向こう側の双方に住む自分の二重の《生》に気づいていて、狂おしい愛の想念が、存在の非連続性を融解させるまでに時空を超越して澄みわたるのである。こうしたデスノスの本質については、すでに拙訳書『エロティシズム』所収のアニー・ル・ブラン序文と訳者解題に詳述したので参照いただければ幸いである。

もう一つの詩集『何気ないふうに』*mines de rien* は、デスノス没後の一九五七年十一月、《詩人の鏡》叢書の一冊として、アンドレ・マッソンのカラー・エッチング四点を付して、限定百三十部、マッソン自筆署名入の函入無綴じ美装本という瀟洒な造本で出版された。刊行者は、ミロをはじめとする大量のシュルレアリスム系エッチングの蒐集家として知られたルイ・ブロデールで、数あるデスノスの後期詩篇から七篇が厳選されている。本書はそれを全訳し、マッソンの素晴らしいエッチング全四点を忠実に再現したものである。(このマッソンの挿画は、『神秘の女へ』の詩世界にも通底すると感じたことから、本書では双方の詩集にわたって挿画を掲載したことをお断りしておく)。

表題の《mines de rien》とは、「何気ないふうに」もしくは「素知らぬふうに」、「さりげなく」という意味の慣用句でもあるが、この言葉は、生前のデスノスによる着想から由来している。デスノスは、ナチ占領下のパリで一九四〇年九月から四四年二月のゲシュタポに逮捕されるまでの間、新聞「今日」に文芸評論を中心にコラムを書き続けていた。

そもそもこの日刊新聞は、デスノスが友人のアンリ・ジャンソンと共に、ドイツ占領軍にも共産党にも与しない独立不羈の新聞として創刊したものだったが、一九四〇年十一月にジャンソンが逮捕されると、翌月には占領軍の息のかかった人物が経営トップとなったのだ。しかし占領下のパリで、他に生活の資がないデスノスにとって退社を選択することは極めて困難であり、表面的には「何気ないふうに」文芸コラムを書き続けつつ、やむを得ず新聞社に身を置きながら、親ナチ派の動向をレジスタンスの地下組織《アジール》に情報提供していたという。そうした新聞にコラムを書くという忸怩たる思いから、いずれ平和な時代が到来すれば、自分の書いたコラムを一冊にまとめて出版することを企図していたらしく、その本のタイトルを《mines de rien》と決めていたそうだ（このコラム集は同題を冠してようやく一九八五年に刊行され、デスノスの企図が実現された）。

デスノス研究の第一人者、マリー＝クレール・デュマは、このタイトルについて、《軽さとユーモアの下に、圧制状況に立ち向かう意図を隠すという遊び心のある寸言》、《何事にも触れず、何事もなかったかのようにしながら、何かを隠している様子》、そしてminesに鉱山とか地雷の意味があることから、《軽率に足を踏み入れた連中に死をもたらす地雷原》、ひいては《懐疑的な読者に、表面上何も提供しない代わりに、切り込むような鋭い辛辣な物事を露わにする》という含みがあると指摘している。つまり、デスノスはコラムに何気ないふうを装いながら、密かに地雷原を忍ばす文章を書いたという自負があったのではなかろうか。

そうした含みを持つ言葉《mines de rien》を、コラム集が実現する以前の一九五七年に、厳選した七篇の詩集のタイトルにあえて採用したのは、驚くべきことで、デスノスへの相当に深い理解とオマージュが感じられるのである。このタイトルの採用に加え、詩をわずか七篇だけに絞り込んでいることにも、選者の自負というか、一種の矜持が感じられ、それを為した人物が刊行者であるブロデールなのか、あるいはデスノスの古くからの盟友であったアンドレ・マッソンであったのか判然としないが、挿画を創作するにあたって、ある程度マッソンの意向も反映されていると考えるのが自然であろう。

この後期詩篇を読んで、本書収録の前期詩集『神秘の女へ』とまったく詩風が異なると驚く読者も少なくないだろう。晩年のデスノスはやや大衆詩寄りに偏向したとの見方もたしかに一部にあるわけだが、そう簡単に割り切れるものではないと私は思っている。デスノスの生涯については、すでに拙著『シュルレアリストのパリ・ガイド』（二〇一八年、エディション・イレーヌ刊）第三章に詳述したので、同書を参照されたいが、詩風から鑑みるに大きく四期に分けられるように思われる。

「シュルレアリスム・グループの最先端を進む騎士」と謳われ、睡眠実験や自動記述に奇跡的な役割を果たした一九二〇年代前期詩群（『ローズ・セラヴィ』、『焼かれた言語』、『オモニーム』等）、イヴォンヌ・ジョルジュへの片恋を媒体にした「激しい恋情による急進主義者」たる狂おしくも幻視的な一九二〇年代後期詩群（『神秘の女へ』、『愛なき夜ごとの夜』、『暗闇』等）、藤田嗣治夫人だったユキとの熱烈な愛を謳った燃え上がるように白熱する一九三〇年代前期詩群（『ユキ1930ポエジー』、『白い夜々』、『バガテル』等）、そしてスペイン内戦、ファシズムの擡頭、軍靴の響きが迫りくる状況の中で書かれた、希望と死の影が交錯する味わい深い晩年の詩群（『首なし』、『覚醒状態』、『アンドロメダとの入浴』等）……と大ざっぱに四期に分けた次第であるが、詩集『何気ないふうに』*mines de rien* は、冒頭の「夜明け」がいわゆるユキ詩篇であるのを除けば、ほぼスペイン内戦時の晩年の詩群から取られている。

一見、優しく軽い言葉で分かりやすく語られていて、陳腐なヒューマニズムの匂いがしないわけではないが、晩年のデスノスの詩は、そこが妙諦であって、私などは甘い言葉の背後に暗い運命の予感や死の匂いを嗅ぎ取って切なくなるのである。殊に所収の「火」という詩は、スペイン内戦（日本ではその歴史的重要性があまり周知されていない）について、明らさまにスペイン共和国政権を支持する内容である。しかし歴史を俯瞰してみると、このスペイン内戦の帰趨こそが、その後のファシズムの擡頭、ひいては人類の理想主義の帰趨を決する分水嶺であったとつくづく感じるのである。（バンジャマン・ペレが共和国軍戦闘員に加わるなど、多数の西洋知識人の参入は、当時の深刻な世界危機の予感と、それに抗うように一種の理想主義に賭けていたことを物語っている）。それだけに、内戦当時の切迫した状況と、人類の理想や歴史の分水嶺であることを早くも察知したデスノスの、火焔と煙と血のイメージを拡散する詩情は感動的でさえある。そうでなければ、マッソンがわずか七篇収録の無綴じ美装本に、あえて四点ものカラー・エッチングを創作するとは思えないのである。（これらエッチングは、数あるマッソンの作品の中で第一級に価する傑作だと私は思っている）。

さらに最後の詩「次の葡萄収穫期」は破格である。酔っ払いの人生謳歌の安直な詩であると思いきや、最後の二行の恐るべき予言に慄然とするのだ。スペイン内戦後に来る凄惨な大戦争と大量虐殺の世が差し迫っていて、それがこの詩人をして非業の最期を迎えせしめるわけだが、すでにこの頃から、デスノスは自らの死を濃厚に予感していた節がある。これは天才的な詩人に特有の直観、いわゆる詩的直観の神髄というべきか。マリー＝クレール・デュマはデスノスの詩全体を評してこう指摘している。

「ロベール・デスノスのポエジーにつきまとう一つの言葉があるとすれば、それはあきらかに《死》という言葉だ。どんな未来の前にも浮かび上がる脅威、人間存在に突然襲いかかったり、容赦のない戦いの出口で待ち伏せたりする悲劇である死は、言葉と体をむしばむのだ。《死が切迫しているというこの感覚、変身をする前夜のこの精神の不安がなければ、ポエジーは生まれない》。死について、死とともに、死にもかかわらず、死に反して書くこと……これらはデスノスの試みを形容することのできる決まり文句である。しかしながら、死に執着することは、その苦悩の軽減を図るいくつかの仲介物、すなわち遊び——超現実の夢幻境への出入り——とユーモアがなければ不可能なことだ」。

振り返ってみるに、デスノスほど、現実と非現実の境界線を霞ませる詩人はいないだろう。目に見える現実なるものがいかに不確実なものか、彼の千里眼や直観は、その向こう側の広範な世界を見透かし、感じ取り、生身の肉体の消滅＝死というものが些少な現象であるかのように、あの世からの視線と感性でもって、あえて地上に肉体を存在させていた詩人であったように思われてならない。それは二重の《生》に住むこの詩人が、《末期の眼》で世界を見ていたことの証であろう。

一九四五年六月、強制収容所を転々と引き回された挙句、チフスで病死したデスノスを哀悼して、旧友のエリュアールは次の談話を発表している。彼は「人間たちの幸福にも不幸にも小さな悲惨にもささやかな喜びにも共感した」と。人間たちへの感受性豊かなこの同胞愛と、その裏返しとしての悲哀が、愛と自由を抑圧するものへの凄まじい彼の叛逆精神の核であったことが知られる。すでに若い時期に「革命、優しさ、情熱、私は人生をひっくり返すことのない人々、つまり失うこと、捧げることができない人々を軽蔑します」（『今世紀のある子供の告白』）と告白し、「内なる涙が深い瞳に残す輝きを私は愛します」（『私が棲む世紀の子供の告白』）と書いたこの詩人の本質を際立たせるものであろう。

そうでありつつ、常に《末期の眼》でもって、言葉が愛を営むポエジーを高揚させ、眩くような生命の《間欠泉》を謳歌し、その熱情が現実世界の枠組を融解させていく彼の詩世界は、紛れもなく、かつての盟友アンドレ・ブルトンが評した「シュルレアリスムの神髄に最も近づいた人物」（『シュルレアリスム宣言』）の手になるものであり、それは少年時代から死ぬまで変わらぬこの詩人の天性であって、先ほど私は彼の詩風を四期に分けたが、それは外面上のことであって、彼こそは一生涯、真にシュルレアルな詩人であったというべきだろう。

若い頃からの親友、アントナン・アルトーやアンドレ・マッソンが終生、デスノスに変わらぬ敬愛を抱き続けていたことは故なきことではない。デスノスが生きた時代と同様、世界中で軍靴の音が鳴り響き、人類の存亡が、百年前よりはるかに現実のものとなって憂慮される今日、本書をあえて《『シュルレアリスム宣言』発刊百年記念出版》と銘打った所以もそこにある。

二〇二四年一月

ロベール・デスノス（Robert Desnos）1900〜1945

パリの下町に生まれたフランスの詩人。1920年代初頭、シュルレアリスム運動に参加、睡眠実験や『ローズ・セラヴィ』等言語実験詩で目覚ましい活躍を見せ、グループの《最先端を進む騎士》と謳われた。1920年代後半には、幻視的な狂おしい愛の詩集『神秘の女へ』、『暗闇』、散文『自由か愛か！』等を発表、1930年にシュルレアリスム運動と決裂後、藤田嗣治夫人だったユキと結婚、ユキへの恋情に白熱する詩群『シラムール』等を書いた他、1933年からラジオ番組制作を担当し、聴覚上の効果によってリスナーに夢と同じイメージを作り出す表現方法を開拓した。1939年ナチスによるパリ占領後、抵抗組織「アジール」を支援、1944年2月、パリの自宅でゲシュタポに逮捕され、強制収容所を転々と引き回されたあげく、チフスによりチェコの収容所で非業の最期を遂げた。生前に刊行された詩集として、総合詩集『肉体と幸福』（1931）、マッソン挿画『首なし』（1934）、総合詩集『財宝』（1942）、『覚醒状態』（1943）、『アンドロメダとの入浴』（1944）などがある。自由への渇望が凄まじい炎のように駆け巡った彼の詩と生涯は、シュルレアリスム精神が様々に形を変えて具現化したものだった。

（略歴の詳細は当社刊『エロティシズム』巻末を参照）

松本完治（まつもと・かんじ）

1962年京都市生まれ。仏文学者・生田耕作氏に師事し、大学在学中の1983年に文芸出版エディション・イレーヌを設立。2016年には、アンドレ・ブルトン没後50年を期して、アニー・ル・ブラン来日講演を主宰した。主要著書に『シュルレアリストのパリ・ガイド』（2018）の他、アンドレ・ブルトン、ロベール・デスノス、ジャック・リゴー、マンディアルグ、ジョイス・マンスール、ジャン・ジュネ、ラドヴァン・イヴシックなど編・訳書多数。

神秘の女へ

発行日　2024年4月27日

著者　ロベール・デスノス
挿画　アンドレ・マッソン
訳者　松本完治
発行者　月読杜人
発行所　エディション・イレーヌ　ÉDITIONS IRÈNE
京都市右京区嵯峨新宮町54-4　〒616-8355
電話：075-864-3488　e-mail：irene@k3.dion.ne.jp
URL：http://www.editions-irene.com
印刷　株式会社東京印書館
造本設計　佐野裕哉
定価　3,300円+税

ISBN978-4-9912885-2-4 C0098 ¥3300E